成长读书课
Reading
名家公开课美绘版

革命烈士诗抄

李大钊等 著

中国致公出版社·北京

图书在版编目（CIP）数据

图书在版编目（ＣＩＰ）数据

革命烈士诗抄 / 李大钊等著. -- 北京：中国致公
出版社，2024.8
（成长读书课）
ISBN 978-7-5145-2166-5

Ⅰ. ①革… Ⅱ. ①李… Ⅲ. ①诗集－中国－现代
Ⅳ. ①I226

中国国家版本馆CIP数据核字(2023)第187508号

革命烈士诗抄/李大钊等 著
GEMING LIESHI SHICHAO

出 版	中国致公出版社	
	（北京市朝阳区八里庄西里100号住邦2000大厦1号楼西区21层）	
出 品	湖北知音动漫有限公司	
	（武汉市东湖路179号）	
发 行	中国致公出版社（010-66121708）	
作品企划	知音动漫图书·文艺坊	
责任编辑	贺长虹 雷 琛	
责任校对	吕冬钰	
装帧设计	郑雨薇	
责任印刷	翟锡麟	
印 刷	武汉精一佳印刷有限公司	
版 次	2024年8月第1版	
印 次	2024年8月第1版第1次印刷	
开 本	875mm×700mm 1/16	
印 张	8.5	
字 数	94千字	
书 号	ISBN 978-7-5145-2166-5	
定 价	29.80元	

成长读书课

专家编委会

钱理群　北京大学中文系教授、清华大学中文系兼职教授，中国现代文学研究会副会长。主编多卷丛书《新语文读本》，长期关注中国教育问题，对中小学语文教育有精深的研究。

陈思和　著名文学评论家。复旦大学人文学院副院长、复旦大学图书馆馆长、上海作协副主席。主编《中国当代文学史教程》，荣获全国普通高校教材一等奖。

王先霈　华中师范大学文学院教授、鄂教版小学、初中语文教材主编。

孙绍振　福建师范大学文学院教授、北师大版初中语文教材主编。

格　非　著名作家，清华大学中文系教授。茅盾文学奖获得者。

徐　鲁　著名儿童文学作家，中国图书奖、国家图书奖、冰心儿童图书奖获得者。

名师讲读团

张小华 陈盛 陈维贤 曹玉明 韩玉荣
黄羽西 李智 李玲玉 李旭东 刘宏业
罗爱娥 饶永香 王耿 王静 王林
王娟 汪荣辉 万咏英 游昕 姚佩琅
曾李 张天杨

复旦附中、华师一附中、湖南师大附中、北
师大附小、华中师大附小、武汉小学……
多所中小学名校，一线特级教师、教研员
倾情导读，音频精讲。
百万师生课堂内外共读之书。

"整本书阅读"课程设计

请配合本书二维码一起使用

难　度	★★★☆☆（九年级上）
阅读计划	30 分钟 / 每天，共 7~10 天
阅读指导	这是一部感人至深的"革命回忆录"，收录的每首诗都是革命先烈的生命处在危难之际迸溅出的火花。为了寻求真理，他们将自己和革命事业融为一体。读这些诗，能感受到他们的爱国情怀之深切，他们的信仰真理之坚贞，他们的爱亲爱友之真挚，他们的精神力量之千钧。对于我们建立革命人生观与树立远大理想是大有益处的。
名师精讲	《红色诗歌的文本特点》
写作 & 思考	书中诗歌的体式多样，旧体诗、新诗、格律诗均有收录，阅读时同学们请注意不同体裁的诗歌的语言特色和结构特点。

读前看一看	**名师导读**	配套导读音频，带你快速了解本书内容
阅读进行时	**笔记随心记**	让线上笔记为你记录看书心得体会
	阅读有技巧	帮你看懂作者意图，轻松读懂名家经典
读后有拓展	**听经典好书**	把名家经典装进口袋，好书随时听
	写作如有神	助你叙事饱含情节，写人鲜活生动

微信扫码
添加智能阅读助手

☆来【看书勤打卡】养成阅读好习惯
☆加入【语文同步学习群】提升语文成绩
☆看【自然动画课】探索有趣的自然知识

热血铸就，灵魂的诗

人的一生该选择什么呢？是平庸而漫长？还是精彩而短暂？

有这样一群人，他们的一生，"生如闪电之耀亮，死如彗星之迅忽"。他们就是为新中国的建设献出生命的革命烈士们。他们留下的那些诗歌，是用血和生命写成。

曾经，落日余晖之下，耳畔汽笛声声。海上潮声一浪高过一浪，那大潮里藏着军士的呜咽、家小的号哭和亿万生民无路可走的哀叹。

曾经，枪声响过，锋利的大刀像冰冷的风暴那样砍过。革命者们在怒吼和疾呼中次第仆倒，头颅落地时发出咚咚的战鼓声。

曾经，那些题写在囚牢阴暗潮湿的墙壁上、砖缝间的小纸片上、临终宣言的绝命书上、白茫茫一片雪地上的绝命之作，成为烈士们的由衷选择。

帝国主义的嚣张侵略、封建残余的积重难移、阶级压迫的肆虐、反动文化围剿的疯狂迫使更多青年拿起笔来作战，用诗歌密切配合无产阶级领导的革命斗争。

他们把生命放在诗里，让那些诗句有了热血和魂魄。

牢房能限制人行动的自由，但却无法剥夺人思想的权利；刑场的恐怖能使懦夫战栗，但却无法让战士低头。夏明翰的《就义诗》这样写道："砍头不要紧，只要主义真。杀了夏明翰，还有后来人。"砍头，是有限生命的终结，但是，烈士们却从为之奋斗的共产主义理想中看到了人生的价值和意义，从革命的后来人身上看到了生命的延展，因此，连砍头也看作不要紧的事情。方志敏曾在《诗一首》中写得更明白："为着共产主义牺牲，为着苏维埃流血，那是我们十分情愿的啊！"尽管话语十分朴素，但有限的生命和无限的生命却在此达到了同一。烈士们没有企图超越时间，但却实现了人对时间的超越。

更有陈然的《我的自白书》一诗，全诗如一腔热血喷薄而出。"任脚下响着沉重的铁镣，任你把皮鞭举得高高，我不需要什么自白，哪怕胸口对着带血的刺刀！"诗的一开篇就为我们树立起一个宁死不屈的革命者的形象。我们仿佛听到烈士脚下沉重的镣声，好像看到折磨烈士身体的皮鞭和刺刀。面对残暴的敌人，革命烈士却无所畏惧，断然拒绝去作什么自白。接着，诗歌向我们展示了一个更高的人格世界："人，不能低下高贵的头，只有怕死鬼才乞求'自由'；毒刑拷打算得了什么？死亡也无法叫我开口！"革命者凛然不可侵犯的人格尊严和执着严肃的人生态度集中在一个大写的"人"字上，和那些乞求"自由"的怕死鬼相比，革命烈士不正是堂堂正正顶天立地的"人"吗？最后，诗歌以出人意料的笑声和歌声终篇："对着死亡我放声大笑，魔鬼的宫殿在笑声中动摇，这就是我——一个共产党员的自白，高唱凯歌埋葬蒋家王朝。"如果说，诗的前半部分是用现实主义手法展示了一个严酷的现实世界，那么后半部分则用浪漫主义手法把我们带到了一个超越现实的理想时空。在这"笑声"中我们感到的是革命者的人格的升华和意志力的扩张，它使魔鬼的宫殿动摇，使愚蠢的敌人受到嘲弄！

除了振臂高呼的铿锵壮烈，烈士们的诗作中也不乏隽永动人的温情。他们既是革命家，又是普通人。

在敌人面前，他们是真正的豪杰，在母亲、妻子、儿女面前，他们是儿子、丈夫和父亲。在《寄母》中，李少石劝慰母亲："望将今日思儿泪，留哭明朝无国人。"在《寄内》里，又坚定地鼓励妻子："生当忧患原应尔，死得成仁未足悲。"恽代英在《狱中诗》里深深地怀念自己的战友，写下"浪迹江湖忆旧游，古人生死各千秋"的感人诗句。殷夫在《别了，哥哥》中，毅然与拥护旧制的哥哥决裂："但你的弟弟现在饥渴，饥渴着的是永久的真理，不要荣誉，不要功建，只望向真理的王国进礼。"这是一个青年革命诗人的庄严告白，为了追求真理，他希望与旧制度彻底决裂。

周恩来在《雨中岚山》中写道："人间的万象真理，愈求愈模糊，模糊中偶然见着一点光明，真愈觉娇妍。"为了寻求真理，烈士们的情感炽热、高尚，不掺杂一丝个人的得失，为了心中的光明，烈士们的思母、爱妻、怜子和忆旧总是和革命事业融为一体。读这些诗，能感受到他们的爱国情怀之深切，他们的信仰真理之坚贞，他们的爱亲爱友之真挚，他们的精神力量之千钧。我们仿佛看到他们在昏暗的油灯下伏案的身影，听到他们坚持信仰发自内心的感人诉说，见到他们在起义时振臂高呼、冲锋陷阵的英姿。虽然已经过去近一个世纪，烈士们为实现革命理想而奋斗的初心依然深深地打动着我们，依然发人深省、引人深思。

同学们可以先通读一遍，找出令自己印象深刻的那些诗，然后结合作者简介、写作背景等进行精读，了解革命者的故事，体会革命者坚贞不屈、视死如归的革命精神。书中诗歌的体式多样，旧体诗、新诗、格律诗均有收录，读时注意不同体裁的诗歌的语言特色和结构特点。同时，对一些引用较多的名句、名篇，可以重点背诵，如闻一多先生的《死水》、叶挺烈士的《囚歌》、何敬平烈士的《把这牢底坐穿》等。每天半小时，不到一周便能读完了。

赤旗漫卷

革命风烟

黑牢诗篇

火焰献词

赤旗漫卷

李大钊二首

其 一

玉泉流贯颐和园墙根，潺潺有声，闻通三海。禁城等水，皆溯流于此。

殿阁嵯峨接帝京，阿房当日苦经营。

只今犹听宫墙水，耗尽民膏是此声。

作者简介

李大钊（1889—1927）：中国共产党的主要创始人之一，新文化运动和五四爱国运动的主将，无产阶级革命的伟大先行者。1927年4月6日，奉系军阀张作霖逮捕了李大钊同志。在敌人的监狱里，他始终坚贞不屈，表现了共产主义战士的英雄气概。4月28日，李大钊同志被残忍杀害。遗著有《李大钊选集》等。鲁迅先生曾为他的著作撰写题记："这是先驱者的遗产，革命史上的丰碑。"

解读

这首七绝发表于辛亥革命之前，是一首借物咏怀的诗作。诗的开篇渲染了园林殿阁的雄伟宏丽，作者透过连接帝京的嵯峨殿阁想到秦时所建的阿房宫，在园外玉泉的潺潺流水声中，联想到这座园林完全是用劳动人民的膏血建的，心中充满忧愁和愤怒，表现出作者对劳动人民悲惨命运的深切同情。

其 二

丙辰春，再至江户。幼蘅将返国，同人招至神田酒家小饮，风雨一楼，互有酬答。辞间均见风雨楼三字，相约再造神州后，筑高楼以作纪念，应名为神州风雨楼，遂本此意，口占一绝，并送幼蘅云。

壮别天涯未许愁，尽将离恨付东流。
何当痛饮黄龙府，高筑神州风雨楼。

解读

　　这首诗写于 1916 年春。1915 年 12 月，袁世凯在日美帝国主义的
怂恿支持下废除了共和体制，登基称帝。这种倒行逆施的行为立即激
起了全国人民的强烈反对。正在日本留学的李大钊放弃学业，立即回
国，准备参加讨袁护国运动。但他回到上海不久，袁世凯就被迫取消
了帝制，于是李大钊又返回日本。恰逢他的挚友准备回国，他在为友
人送行时，留下这首诗。全诗抒发了作者对国内黑暗政局的愤激不满，
表现了他为重建神州而矢志奋斗的坚定信念。"何当痛饮黄龙府"借
用了岳飞抗击金兵的典故，岳飞曾说"直抵黄龙府，与诸君痛饮尔"，
这里喻指消灭了窃国大盗袁世凯，大家痛饮祝捷，欢庆胜利。

蔡和森一首

诗 一 首

君不见，

武王伐纣汤伐桀，

革命功劳名赫赫。

又不见，

詹姆斯被民众弃，

查理士死民众手。

路易十四招民怨，

路易十六终上断头台。

俄国沙皇尼古拉，

偕同妻儿伴狗死。

民气伸张除暴君，

古今中外率如此。

能识时务为俊杰，

莫学冬烘①迂夫子。

作者简介

蔡和森（1895—1931）：中国无产阶级杰出革命家、中国共产党早期领导人，著名政治活动家、理论家、宣传家，新民学会发起人。1919 年赴法勤工俭学，1921 年在法国组织中国社会主义青年团，同年冬回国。1931 年在香港被英帝国主义逮捕，引渡到广州后英勇就义。

解读

这是蔡和森同志于 1918 年年初所写，通过列举古今中外大量历史人物典故，说明了一个道理：人民群众是真正的英雄，革命的力量是不可抗拒的。这一理念也贯穿了他的一生。

---

①冬烘：思想迂腐，知识浅陋。

彭湃一首

劳 动 节 歌

今日何日？

"五一"劳动节，

世界劳工同盟罢工纪念日。

劳动最神圣，

社会革命时机熟。

希望兄弟与姊妹，

"劳动"两字永牢记。

作者简介

彭湃（1896—1929）：中国早期农民运动领导人之一，无产阶级革命家，广东海陆丰革命根据地创始人。他出生于一个工商地主家庭，接受过良好的教育，对革命事业充满热情。1924 年加入中国共产党，同年主持了广州农民运动讲习所。1929 年 8 月 24 日因叛徒出卖，在上海被捕，不久在龙华监狱被害。遗著有《海丰农民运动》。2009 年

9月10日，彭湃被评为"100位为新中国成立作出突出贡献的英雄模范人物"。

解读

这首诗歌是1921年彭湃同志在海丰担任教育局局长时，为庆祝五一国际劳动节写的歌词。当时曾作为海丰各中小学音乐课的教材，在学生中广泛流传。诗以问答的形式开头，告诉人们"劳动最神圣"，并满怀信心地向人们宣称"社会革命时机熟"，鼓励大家勇敢地投身到革命的斗争中去，不要忽视劳动人民的巨大力量。语言平白如话，贴近劳动人民的生活，极具正能量。

田波扬一首

我 要

我要放出更强烈的火光，

照破人世间的虚伪和欺诈。

我要锻炼成尖锐的小刀，

刺破人与人之间的隔膜。

作者简介

田波扬（1904—1927）：湖南青年学生运动领导人，中国共产党第五次全国代表大会代表。1923 年加入中国共产党，担任湖南学联的领导工作。1927 年 5 月至 6 月任中国共产主义青年团湖南省委书记。他一直坚持地下革命斗争，后不幸被捕，1927 年 6 月 6 日与夫人陈章甫同志一起英勇就义于长沙火车站。

解读

学生时代的田波扬就有着强烈的爱国热情，经常向同学们宣传进步思想，劝诫人们丢掉封建社会裹足的陋习，宣传赌博、鸦片的危害。同时，他还编写一些诗歌，印成小册子进行宣传。这首犀利的小诗透露出他的刚强和坚毅。全诗情感充沛，感情真挚，表达了他用生命捍卫信仰的豪情。

方志敏一首

血 肉

伟大壮丽的房屋，

用什么建筑成功的呢？

血呵肉呵！

铺了白布的餐桌上，

摆着的大盘子小碟子里，

是些什么呢？

血呵肉呵！

装得重压压的铁箱皮箱，

里面是些什么呢？

血呵肉呵！

作者简介

方志敏（1899—1935）：赣东北革命根据地和中国工农红军第十军的主要创建者之一，1924年加入中国共产党。1934年11月，率领红军抗日先遣队北上抗日。1935年8月6日在南昌英勇就义。2009年方志敏被评为"100位为新中国成立作出突出贡献的英雄模范人物"。

解读

方志敏自幼历经艰辛坎坷，这使他对劳动人民的苦难感同身受；他历经辛亥革命、五四学潮、国民革命、抗日反蒋浪潮，始终站在动荡和变革的风口浪尖。从他的诗中可见他在革命艰难时期的深邃思考和崇高信仰。他极端厌恶黑暗的现实，借这首诗倾吐心中愤懑："伟大壮丽的房屋，用什么建筑成功的呢？血呵肉呵！铺了白布的餐桌上，摆着的大盘子小碟子里，是些什么呢？血呵肉呵！"揭示出统治阶级享用的一切皆由劳动人民用血肉创造这一现实。

欧阳梅生一首

试 笔 诗

中国一团黑，悲嚎不忍闻。

愿为刀下鬼，换取真太平。

作者简介

欧阳梅生（1895—1928）：1926 年加入中国共产党。曾任湖南省总工会秘书长、中共湖南省委秘书、中共汉阳县委委员。1928 年年初在武汉病逝。

解读

年轻的欧阳梅生考入湖南第一师范，与蔡和森等人成为亲密好友，并因此受到革命思想熏陶。毕业之后他选择从事教育工作，在湘西、长沙等地当小学教师，后来又前往四川办学校、寻求革命真理。1924 年中国正处在军阀混战时期，有一次，欧阳梅生去买毛笔，当看到笔杆上"太平笔庄制"几个字时，他愤慨不已："如今伸出手看不见五指，一片漆黑。有钱的打打杀杀，好像疯狗抢骨。中国这么大，没有半块地方是安静的，这叫作什么'太平'！"说罢，他刮去笔杆上"太平"两字，并且作了这首诗。

方志敏身处辛亥革命、国民革命、抗日浪潮等大动荡、大变革的风口浪尖，以"大我"的爱国情怀不断思考民族命运和人民幸福的关联，这一主题思想在他的很多诗作中都有体现。结合时代背景，思考他的诗作中"血肉"的象征意义。

何挺颖二首

寄谢左明

南京路上圣血殷，

百年侵略仇恨深。

去休学者博士梦，

愿作革命一新兵。

作者简介

何挺颖（1905—1929）：无产阶级革命家。早年积极参加学生爱国运动。1925年加入中国共产党。1926年夏受党组织派遣参加北伐战争。后为开辟和保卫井冈山革命根据地作出了重要贡献。1929年1月在战斗中身负重伤，转移途中再遭袭击，壮烈牺牲。

解读

这首诗写于1925年五卅惨案时期，当时何挺颖在上海大同大学学习，这首诗无疑是何挺颖对革命的誓言，他愿意放弃学业，投入到革命的洪流当中。圣血，指为革命而流的血。

再寄谢左明

四万万人发吼声，

火山爆发世界惊。

中国有了共产党，

散沙结成水门汀。

解读

　　这首诗作于 1926 年。五卅惨案后，何挺颖积极投入革命斗争，思想发生了重大的变化，从此一步步走向井冈烽火，成为坚定的革命者、军政兼优的红军将领。他深刻地认识到人民群众的伟大力量，写了这首诗。水门汀，即水泥。

许瑞芳一首

农 人 的 叹 声

农民苦真苦，清早去锄土，太阳已下山，做到二更鼓。

日光当头晒，汗如雨下注，风吹暴雨淋，正在田间做。

水旱天灾降，深夜睡不着，且幸秋收熟，大半交租谷。

镰刀方收藏，又要寻借户，春荒米陡涨，日子真难度。

官衙差警来，催粮太紧促，绅士去领捐，团丁作威福。

兵士来拉夫，难免将被捉，任你怎乞求，只是空泣诉。

可怜衣无穿，补上又加补，居住太窄狭，东倒西歪屋。

四季无饱期，时常要吃粥，儿女已长成，怎能教他读。

人们卑贱我，道是红脚肚，一生白勤劳，为他人造福。

总是要翻身，快去找出路，大家来团结，别人靠不住。

努力去斗争，罢税抗租谷，个个去做工，人人来享福。

作者简介

　　许瑞芳（1906—1934）：1926 年 11 月加入中国共产党。读书时经常读《晨报》《向导》等进步刊物，思想觉悟很高。入党后积极组织工人运动、农民运动。曾带领农民武装参加南昌起义，后随大军南征广东。在组织农民运动时，通过创作诗歌来宣传革命思想，他创作的诗歌极大地启发了农民的觉悟，在农村地区掀起了农民抗租罢税、青年抗丁罢役的斗争浪潮，促进了革命队伍的发展壮大。1934 年随红军主力长征，在途中牺牲。

解读

　　这首诗道出了旧社会农民的真实心声，他们起早贪黑辛苦劳作，因为担心农作物歉收而睡不安稳，但最后收获的粮食却大半交租，日子已经如此艰难，军队还要来拉夫，儿女到了上学的年纪却无书可读，也许一辈子就要在这种压迫中结束了。然而，诗人坚信，人总要寻找出路的，这条路就是去反抗、去斗争、去革命，因为只有革命，才能得到解放，才能过上幸福的生活。

沈迪群二首

青杠叶

青杠叶，二面黄，四面八方在征粮，

征粮征得民叫喊，伤心伤意哭断肠。

若问征粮做啥子，他说拿去打内战！

苦竹叶

苦竹叶，青又青，家家户户要抽丁。

张家抽了张大定，石家又抽石耀廷。

张大定，石耀廷，丢下家中老小一大群；

挨饥受饿无依靠，哭哭啼啼有谁怜？

作者简介

沈迪群（1907—1949）：1929 年加入中国共产党。1933 年被军阀逮捕，出狱后与党组织失去联系。抗战时曾在《新南充报》《新蜀报》任编辑、记者。1945 年在重庆创办《活路》半月刊。1948 年 8 月，在为党组织送信的路上被特务逮捕，后被关押在渣滓洞监狱。在狱中受尽酷刑，毫不动摇。1949 年 11 月 27 日，在大屠杀中牺牲。

解读

这两首诗，用通俗质朴的语言反映了国民党反动派发动内战、倒行逆施给人民群众带来的痛苦与灾难。诗句中反映的是当时国民党统治区普遍存在的"征粮"与"抽丁"的社会现象，是对国民党当局为了进行内战而压榨劳动人民、不顾百姓死活的做法的强烈控诉。两首诗节奏分明，掷地有声。

闻一多二首

死 水

这是一沟绝望的死水，清风吹不起半点漪沦。
不如多扔些破铜烂铁，爽性泼你的剩菜残羹。

也许铜的要绿成翡翠，铁罐上锈出几瓣桃花；
再让油腻织一层罗绮，霉菌给他蒸出些云霞。

让死水酵成一沟绿酒，漂满了珍珠似的白沫；
小珠们笑声变成大珠，又被偷酒的花蚊咬破。

那么一沟绝望的死水，也就夸得上几分鲜明。
如果青蛙耐不住寂寞，又算死水叫出了歌声。

这是一沟绝望的死水，这里断不是美的所在。

不如让给丑恶来开垦，看他造出个什么世界。

作者简介

闻一多（1899—1946）：中国近代诗人、学者、民盟盟员、民主战士，曾在清华大学任教。抗日战争期间，任昆明西南联合大学教授。1943年后，参加反对独裁、争取民主的斗争。抗战结束后，反对国民党发动反人民的内战。1946年7月15日在昆明被国民党特务暗杀。2009年被评为"100位为新中国成立作出突出贡献的英雄模范人物"。

解读

1925年，26岁的闻一多怀着一腔强烈爱国之情和殷切的期望留学回国。然而，呈现在他面前的祖国却是一幅令人极度失望的景象——军阀混战、帝国主义横行，以至于他的感情由失望、痛苦转至极度的愤怒。这首诗就是他在这种情况下创作而成的。

一 句 话

有一句话说出就是祸，

有一句话能点得着火。

别看五千年没有说破，

你猜得透火山的缄默？

说不定是突然着了魔，

突然青天里一个霹雳，

　　爆一声：

　　"咱们的中国！"

这话叫我今天怎么说？

你不信铁树开花也可，

那么有一句话你听着：

　　等火山忍不住了缄默，

不要发抖，伸舌头，顿脚，

等到青天里一个霹雳，

爆一声：

"咱们的中国！"

解读

　　整首诗简洁、明快、有力，诗中包含了火一般的热情和对新中国的向往之情。前一句"咱们的中国"看似平凡，实则充满了崇高的自豪感；后一句"咱们的中国"既表现出了诗人对新中国的信心，又表达了他对那些失去信心、妄自菲薄的人的愤怒。诗人用火山爆发、铁树开花类比革命进程，既贴切，又形象，同时也突出了整首诗的主题，增强了感染力。

车耀先四首

自 誓 诗

一

幼年仗剑怀佛心，放下屠刀求真神；

读破新旧约千遍，宗教不过欺愚民。

二

投身元元无限中，方晓世界可大同，

怒涛洗净千年迹，江山从此属万众。

三

不劳而食最可耻，活己无能焉活人，

欲树真理先辟伪，辟伪方显理有真。

四

喜见东方瑞气升，不问收获问耕耘，

愿以我血献后土，换得神州永太平。

作者简介

车耀先（1894—1946）：共产党员。曾任中共四川省委军委书记。1931 年九一八事变后，车耀先在成都积极从事抗日救亡宣传运动。1937 年，车耀先创办《大声》周刊，向民众传播真理的声音。面对敌人的恫吓、威胁，他将生死置之度外。1940 年在成都与罗世文同志同时被捕，1946 年在重庆同遭杀害。

解读

目睹旧中国的贫困和积弱，军阀混战，民不聊生，车耀先在上下求索的曲折过程中，用《自誓诗》表达了自己为国为民奋斗的理想。他的一生经历过艰难痛苦的实践探索，经历过挫折失败的严峻考验，这使他从一个一般的爱国主义者，成长为一个坚定的马克思主义者。以车耀先为代表的革命精神将永远延续和传承，激励着一代又一代人。

何叔衡一首

诗 一 首

身上征衣杂酒痕，远游无处不消魂。

此生合是忘家客，风雨登轮出国门。

作者简介

何叔衡（1876—1935）：无产阶级革命家，中国共产党创始人之一。1913 年，何叔衡考入湖南省立第一师范讲习班，与蔡和森等同学志同道合，成为最好的朋友。第一次国内革命战争以后，去苏联学习。回国后在中央苏区工作。红军主力长征后，他留在根据地坚持斗争。1935 年 2 月 24 日，从江西转移福建途中牺牲。2009 年被评为"100 位为新中国成立作出突出贡献的英雄模范人物"。

解读

这首诗是何叔衡于 1928 年赴莫斯科路过哈尔滨时写的。当时蒋介石背叛革命，正到处屠杀共产党人，作者在形势危急的情况下被派去莫斯科学习。途经哈尔滨时，他想起了陆游的《剑门道中遇微雨》，有感于国家和人民的命运，有感于自己肩上的历史使命，以忧国忧民之心留下诗作，期待着将来自己的精神火种能汇入革命大潮，燃起熊熊烈火。

学习任务群

何叔衡的《诗一首》首句从人物描写开篇，请你结合诗句内容，试着描述一下诗句中的主角的人物形象，并以涂鸦的形式画出来。

革命风烟

瞿秋白一首

赤 潮 曲

赤潮澎湃，

晓霞飞涌，

惊醒了

五千余年的沉梦。

远东古国，

四万万同胞，

同声歌颂

神圣的劳动。

猛攻，猛攻，

捶碎这帝国主义万恶丛！

奋勇，奋勇，

解放我殖民世界之劳工，

无论黑，白，黄，无复奴隶种！

从今后，福音遍天下，

文明只待共产大同。

看！

光华万丈涌。

作者简介

瞿秋白（1899—1935）：中国共产党早期的领导人之一。1922 年加入中国共产党。曾任中共中央书记、共产国际执行委员和主席团委员。1933 年年初到达中央革命根据地，曾任中央工农民主政府人民教育委员。1934 年 10 月中央红军主力长征后，留在根据地坚持斗争。1935 年 2 月在福建长汀县被国民党军逮捕，同年 6 月在福建长汀从容就义。2009 年被评为"100 位为新中国成立作出突出贡献的英雄模范人物"。

解读

瞿秋白是中国共产党早期领导人之一，写下这首诗的时候，他刚从苏俄考察回国。赤潮澎湃，就是指俄国十月革命的胜利及其影响。在苏俄的两年中，瞿秋白亲身感受到无产阶级朝气蓬勃的革命气象，希望中国劳动者也能联合起来推翻压迫，走上共产主义道路。赤潮、晓霞，都比喻无产阶级革命勃兴、理想升腾的意象。这首气势磅礴的诗，是一支宣传革命、号召革命的战斗号角。

柔石一首

战 !

尘沙驱散了天上的风云，

尘沙埋没了人间的花草；

太阳呀，呜咽在灰黯的山头，

孩子呀，向首古洞深林中奔跑！

陌巷与街衢，

遍是高冠大面者的蹄迹，

肃杀严刻的兵威，

利于三冬刺骨的飞雪！

真的男儿呀，醒来罢，

炸弹！手枪！

匕首！毒箭！

古今武器，罗列在面前，

天上的恶魔与神兵，

也齐来助人类战，

战！

火花如流电，

血泛如洪泉，

骨堆成了山，

肉腐成肥田。

未来子孙们的福荫之宅，

就筑在明月所清照的湖边。

呵！ 战！

殉心也不变！

砍首也不变！

只愿锦绣的山河，

还我锦绣的面！

呵！ 战！

努力冲锋，

战！

作者简介

柔石（1902—1931）：共产党员。1928 年到上海从事革命文学运动，主办《朝花》《语丝》等进步期刊，并与鲁迅先生同办朝花社。1931 年因叛徒出卖，遭国民党军警逮捕后与殷夫、欧阳立安等二十三位同志被秘密杀害。牺牲后，鲁迅先生曾写《为了忘却的记念》一文，追悼他和其他死难同志。

解读

1925 年，五卅运动给了柔石思想上巨大的冲击与影响，让他从一个进步青年一跃成为革命者。也就是在这场反帝革命斗争的浪潮中，他发表了这首著名的战斗诗篇。诗人以字句熔炼成子弹，扫射一切恶势力，舒展出昂扬激昂的革命意气。

罗学瓒一首

自 勉

书 此 以 为 异 日 遇 艰 难 时 之 反 省 也

不患不能柔，惟患不能刚；

惟刚斯不惧，惟刚斯有为。

将肩挑日月，天地等尘埃。

何言乎富贵，赤胆为将来。

作者简介

　　罗学瓒（1893—1930）。共产党员。1918年加入新民学会，成为骨干。1919年赴法勤工俭学，1922年回国，曾任中共浙江省委宣传部部长、省委书记。大革命失败后坚持斗争，受党中央委派，与夏明翰共同负责湖南省委组织部的工作。1929年在中共浙江省委工作时被捕，1930年在杭州被国民党反动派杀害。

解读

　　这首诗写于作者在湖南第一师范学院上学时。在求学过程中，他对社会现状和国情民情有了更多的了解和感触，他的志向也越来越明确——受教育的人就应当是救我们国家的人，这是责无旁贷的。"将肩挑日月""赤胆为将来"，从罗学瓒的诗句中，可以真切地感受到他的伟大志向。

向警予一首

溆浦女校校歌

美哉，庐山之下溆水滨，

我校巍巍耸立当其前。

看呀，现在正是男女平等，

天然的淘汰，触目惊心。

愿我同学做好准备，

为我女界啊大放光明。

作者简介

向警予（1895—1928）：1918 年参加新民学会，1919 年赴法勤工俭学，1922 年加入中国共产党。在中国共产党第二次至第四次全国代表大会上当选为中央委员，并任中央妇女部部长。曾编辑《长江》刊物。大革命失败后在武汉坚持斗争，1928 年因叛徒出卖而被捕牺牲。2009 年向警予被评为"100 位为新中国成立作出突出贡献的英雄模范人物"。

解读

革命斗争时期涌现出一大批女性英雄人物，在民族存亡的危急关头，她们挺身而出，不畏艰险，以大无畏的精神对抗外来侵略者。1916 年，向警予从长沙周南女校毕业，回到家乡湖南溆浦县。同年 11 月，她创办的溆浦县立女子学校开学，她担任第一任校长，并创作了这首校歌。干净洗练、情感浓烈的对话使这首歌看似单纯，实则饱含豪迈。

李慰农一首

游采石乘轮出发

浩浩长江天际流，风吹乐奏送行舟。

问谁敢击中流楫？舍却吾侪孰与俦！

作者简介

李慰农（1895—1925）：1919 年赴法勤工俭学，后与赵世炎、周恩来等在巴黎成立旅欧中国少年共产党（后称社会主义青年团）。1923 年年底离法赴苏，进入莫斯科东方大学学习。1925 年春回国到山东省开展工作，领导青岛五卅反帝爱国运动。同年 7 月遭北洋军阀政府逮捕，后不幸牺牲。

解读

这首诗写于 1917 年十月革命前后。诗人心中炽热的爱国之情和强烈的民族责任感促使他发出"问谁敢击中流楫"的探问。接着，他傲然答道："舍却吾侪孰与俦！"正是这样质朴热烈的情感和情怀使得无数年轻的仁人志士愿为革命事业抛头颅、洒热血。

邓恩铭一首

前 途

赤日炎炎辞荔城，前途茫茫事无分。

男儿立下钢铁志，国计民生焕然新。

作者简介

邓恩铭（1901—1931）：1920 年在济南时与王尽美同志一起组织共产主义小组，加入中国共产党。曾任中共青岛市委书记、山东省委书记。1928 年被捕，1931 年 4 月在济南就义。2009 年被评为 "100 位为新中国成立作出突出贡献的英雄模范人物"。

解读

这首诗作于邓恩铭少年时。诗中虽然写到对个人前途命运难以预卜的茫然，但这更加坚定了诗人以改造国计民生为人生理想的钢铁志向。

邓中夏一首

胜利

哪有斩不除的荆棘？

哪有打不死的豺虎？

哪有推不翻的山岳？

你只需奋斗着，

猛勇的奋斗着；

持续着，

永远的持续着。

胜利就是你的了！

胜利就是你的了！

作者简介

　　邓中夏（1894—1933）：中国共产党早期卓越的工人运动领袖之一。曾任中国劳动组合书记部主任、中国社会主义青年团中央组织部部长、全国总工会执行委员。1933 年 5 月在上海被捕，10 月在南京雨花台被国民党反动派杀害。遗著有《中国职工运动简史》。

解读

邓中夏不仅是中国工人运动的领导者和实际参与者，还对中国工人运动提出了许多独到的见解，为中国工人运动的理论建设作出了重要贡献。1924 年，他开始投身于上海工人运动。面对凶残狠毒的反动势力迫害，为了鼓舞士气，他写了这首诗。诗中洋溢着革命必胜的坚定信念，也体现了豪迈的革命意志。全诗表现出了强大的信念感，语言铿锵有力、荡气回肠。

周逸群一首

诗 一 首

废书学剑走羊城，只为黎元苦匪兵。

斩伐相争廿四史，岂无白刃可亡秦？

作者简介

周逸群（1896—1931）：早年投身学生爱国运动。是早期中国共产党军队的缔造者之一、湘鄂西革命根据地和湘鄂西红军的创建者之一。1924年加入中国共产党。1931年5月在路经湖南岳阳视察工作时，遭敌伏击，不幸牺牲。

解读

1919年，为了探索救国救民的道路，周逸群东渡日本留学。这期间，他开始认真研究马克思主义；留学回到上海后从事新闻记者工作。大革命开始后，他投笔从戎，进入黄埔军校学习并加入中国共产党。这首诗的前两句直抒胸臆，表达了他救民于水火的革命抱负；后两句用典，表达了暴虐统治不会长久、革命终将胜利的信心和愿望。

熊亨瀚一首

观 涛

大江东去，浩荡谁能拒！

吾道终当行九域，慷慨以身相许。

大孤山下停桡，小孤山上观涛，

热血也如潮涌，时时滚滚滔滔。

作者简介

熊亨瀚（1894—1928）：早年参加民主革命运动，1926年加入中国共产党。1927年蒋介石发动反革命政变后，在白色恐怖中他仍往来奔走。1928年11月7日，在武汉鹦鹉洲渡口被国民党特务逮捕，28日，就义于长沙浏阳门外十字岭。

解读

这首诗是作者在为革命工作奔波的途中写的。大江东去，谁能挡住？这革命事业不也正如这大江一般吗？

王麓水一首

挽李大钊烈士联

社会历史原空白，

你一笔，

我一笔，

写到悠长无纪极。

壮士烈士皆鲜红，

这几点，

那几点，

造成全球大光明。

作者简介

王麓水（1913—1945）：红军、八路军优秀指挥员，1927年参加
中国共产主义青年团，1932年加入中国共产党。原是萍乡煤矿工人，

后参加工农红军，历任战士、班长、连长、团长兼政委，参加长征。1945 年 12 月 13 日，在战斗中英勇牺牲。

解读

　　这首诗是王麓水在萍乡南溪高小读书时，在追悼李大钊烈士的大会上写成并朗诵的挽联。作者在上联中将历史是由人民群众创造的这一真理言简意赅地写出，高度赞扬了李大钊先生在中国革命历史上的伟大作用。下联将笔调转为浓重，歌颂了李大钊先生为革命献身的精神，同时，也歌颂了无数像李大钊那样为了国家和民族的解放而甘洒热血的英雄们。

蒲风一首

热望着

在不远的彼方，

有光明在照耀。

热望，把握，追求，

粉碎身上枷锁，

建造甜的欢笑。

路不远，

心莫焦；

不是孤舟

在大海里漂；

不是只马单身

在日夜里奔驰、跃跳。

热望着，热望着……

前有光明在引导，

前有光明在照耀！

作者简介

蒲风（1911—1942）：现代著名诗人，1927 年加入中国共产主义青年团。1932 年到上海参与组织中国诗歌会，主编《中国诗歌》杂志。后加入中国共产党并参加新四军，以笔为枪，坚持抗争和呼号。著有诗集《茫茫夜》《抗战三部曲》等。

解读

这首诗写于 1934 年 7 月，诗人以"不远的彼方"的"光明"为象征，抒发了热烈向往光明、追求光明的革命激情。诗人坚信，革命的道路并不遥远，革命者的战斗并不孤单。整首诗充满了革命乐观主义精神。

赵博生一首

革命精神歌

先锋！先锋！

热血沸腾，

先烈为平等牺牲，

作人类解放救星。

侧耳远听，

宇宙充满饥饿声，

警醒先锋，

个人自由全牺牲。

我死国生，

我死犹荣，

身虽死精神长生，

成功成仁，

实现大同。

作者简介

赵博生（1897—1933）：1931年加入中国共产党，同年12月，他和董振堂率领国民党第二十六路军在宁都举行起义。1933年1月在江西黄狮渡反"围剿"战斗中壮烈牺牲。2009年被评为"100位为新中国成立作出突出贡献的英雄模范人物"。

解读

这首歌洋溢着救民于水火的爱国热情和献身精神，充满对革命者们奋勇当先、冲锋陷阵的深沉关切。

续范亭一首

哭 陵

谒陵我心悲，哭陵我无泪。

瞻拜总理陵，寸寸肝肠碎。

战死无将军，可耻此为最。

靦颜事仇敌，瓦全安足贵！

作者简介

续范亭（1893—1947）：早年加入中国同盟会，辛亥革命时，任革命军山西远征队队长。1935 年因痛恨国民党政府卖国投降政策，在南京中山陵剖腹自杀以示抗议，遇救未死。1947 年 9 月在山西病逝。中共中央追认其为正式党员。

解读

1935 年，日本帝国主义侵入华北，续范亭到南京去呼吁抗日，看到蒋介石反动政府屈辱卖国，极度悲愤，在中山陵前痛哭。这首诗就是当时写的。

朱学勉一首

有 感

男儿奋发贵乘时，莫待萧萧两鬓丝！

半壁河山沦异域，一天烽火遍旌旗。

痛心自古多奸佞，怒发而今独赋诗。

四万万人同誓死，一心一德一戎衣。

作者简介

朱学勉（1912—1944）：1937年奔赴延安，同年11月加入中国共产党。1938年2月由党派回浙江松阳县工作，1941年1月皖南事变后任中共诸暨中心县委书记。后建立自卫队，开展抗日游击战争。1944年5月在与日伪军作战时牺牲。

解读

抗战爆发后，无数的中华儿女奋起反抗，进行了可歌可泣的反侵略斗争。作者的爱国主义情绪也更为高涨。诗的前半部分诉说江山陷落、烽火连天的局面，立志发奋图强；后半部分怒斥汉奸走狗，盼望四万万中华儿女团结一心、战胜强敌。整首诗表达了作者对现状的不满、愤怒，以及奋起反抗的决心。

殷夫一首

别了，哥哥

（算作是向一个"阶级"的告别词吧！）

别了，我最亲爱的哥哥，

你的来函促成了我的决心，

恨的是不能握一握最后的手，

再独立地向前途踏进。

二十年来手足的爱和怜，

二十年来的保护和抚养，

请在这最后的一滴泪水里，

收回吧，作为噩梦一场。

你诚意的教导使我感激，

你牺牲的培植使我钦佩，

但这不能留住我不向你告别，

我不能不向别方转变。

在你的一方，哟，哥哥，

有的是，安逸，功业和名号，

是治者们荣赏的爵禄，

或是薄纸糊成的高帽。

只要我，答应一声说，

"我进去听指示的圈套"，

我很容易能够获得一切，

从名号直至纸帽。

但你的弟弟现在饥渴，

饥渴着的是永久的真理，

不要荣誉，不要功建，

只望向真理的王国进礼。

因此机械的悲鸣扰了他的美梦，

因此劳苦群众的呼号震动心灵，

因此他尽日尽夜地忧愁，

想做个普罗米修士偷给人间以光明。

真理和愤怒使他强硬，

他再不怕天帝的咆哮，

他要牺牲去他的生命，

更不要那纸糊的高帽。

这，就是你弟弟的前途，

这前途满站着危崖荆棘，

又有的是黑的死，和白的骨，

又有的是砭人肌筋的冰雹风雪。

但他决心要踏上前去，

真理的伟光在地平线下闪照，

死的恐怖都辟易远退，

热的心火会把冰雪融消。

别了，哥哥，别了，

此后各走前途，

再见的机会是在，

当我们和你隶属着的阶级交了战火。

作者简介

　　殷夫（1910—1931）：共产党员。中国无产阶级的优秀诗人。
1930 年加入中国左翼作家联盟，同年 5 月，作为左联代表，参加全国
苏维埃区域代表大会。1931 年 1 月在上海被捕，2 月 7 日在龙华被害。
他被人们誉为"历史的长子""时代的尖刺"。遗著有《殷夫诗文集》。

解读

　　这首诗创作于 1929 年。当时诗人的哥哥任职于国民党反动政府，
这首诗是作者收到哥哥的劝导信后作的答复信。诗中明确表达了自己
要为真理斗争到底的信念。整首诗感情真挚，既表达了手足之间的深
情，也袒露了一个革命战士与时代同呼吸、共命运的伟大抉择。

黑牢 诗篇

蔡梦慰一首

黑 牢 诗 篇（节选）

第 一 章

禁 锢 的 世 界

手掌般大的一块地坝，

箩筛般大的一块天；

二百多个不屈服的人，

锢禁在这高墙的小圈里面，

一把将军锁把世界分隔为两边。

空气呵，日光呵，水呵……

成为有限度的给予。

人，被当作牲畜，长年地关在阴湿的小屋里。

长着脚呀，眼前却没有路。

在风门边，送走了迷惘的黄昏，

又守候着金色的黎明。

墙外的山顶黄了，又绿了，多少岁月呵！

在盼望中一刻一刻地挨过。

墙，这么样高！枪和刺刀构成密密的网。

可以把天上的飞鸟捉光么？

即使剪了翅膀，

鹰，曾在哪一瞬忘记过飞翔？

连一只麻雀的影子从牛肋巴窗前掠过，

都禁不住要激起一阵心的跳跃。

生活被嵌在框子里，

今天便是无数个昨天的翻版。

灾难的预感呀，

像一朵乌云时刻地罩在头顶。

夜深了，人已打着鼾声，

神经的末梢却在尖着耳朵放哨；

被呓语惊醒的眼前，

还留着一连串噩梦的幻影。

从什么年代起，

监牢呵，便成了反抗者的栈房！

在风雨的黑夜里，

旅客被逼宿在这一家黑店。

当昏黄的灯光从帘子门缝中投射进来，

映成光和影相间的图案；

英雄的故事呵，人与兽争的故事呵……

便在脸的圆圈里传叙。

每一个人，每一段事迹，

都如神话里的一般美丽，

都是大时代乐章中的一个音节。

——自由呵，

——苦难呵……

是谁在用生命的指尖

弹奏着这两组颤音的琴弦？

鸡鸣早看天呀！

一曲终了，该是天晓的时光。

作者简介

蔡梦慰（1924—1949）：1945年加入中国民主同盟。1946年任《工商导报》记者，开办成都现代书报社。1947年前往重庆接办民联书店，创办重庆文城出版社，结识共产党人并参与进步事业。1948年被捕，1949年新中国成立前夕牺牲。

解读

1948年5月，被关进渣滓洞监狱的蔡梦慰真正体验到了什么是人间地狱。监狱之外，他为之奋斗的民主、自由、进步事业，是一种坚定的信仰；而现在，"自由"二字对每一个难友来说，变成了一种残酷的奢望。在狱中，蔡梦慰遭到严刑拷打，看到了太多的伪善与兽行，但他更看到了太多的心灵与肉体的搏斗、正义与邪恶的较量。他参加了狱中组织的"铁窗诗社"，坚持用笔墨、诗歌作武器进行战斗，表现出一位英勇的革命烈士应有的伟大人格和精神魅力。

蓝蒂裕一首

示 儿

你——耕荒，

我亲爱的孩子；

从荒沙中来，

到荒沙中去。

今夜，

我要与你永别了。

满街狼犬，

遍地荆棘，

给你什么遗嘱呢？

我的孩子！

今后——

愿你用变秋天为春天的精神，

把祖国的荒沙，

耕种成为美丽的园林！

作者简介

蓝蒂裕（1916—1949）：1937 年接触共产主义思想，积极开展抗日救亡宣传活动。1938 年加入中国共产党。1941 年被特务抓捕后成功越狱。1948 年 11 月被捕后解送重庆渣滓洞监狱，受尽折磨却始终坚贞不屈。1949 年 10 月在重庆大坪从容就义。

解读

这首诗，是蓝蒂裕临刑前在渣滓洞牢房留交同志转给他的孩子的遗嘱。寥寥数言，展现出的是一个大无畏的烈士形象。在他生命的最后一刻，想的还是让自己的孩子继承遗志，为祖国的事业、民族的复兴作出贡献！

李少石二首

寄　母

赴义争能计养亲？时危难作两全身。

望将今日思儿泪，留哭明朝无国人。

寄　内

一朝分袂两相思，何日归来不可期。

岂待途穷方有泪，也惊时难忍无辞。

生当忧患原应尔，死得成仁未足悲。

莫为远人憔悴尽，阿湄犹赖汝扶持。

作者简介

　　李少石（1906—1945）：第一次国内革命战争时期加入共产主义青年团，不久加入中国共产党。曾在香港海员工会、党联系上海和苏区的香港交通站、上海工人通讯社等处工作。1934 年被捕，1937 年被释放。1943 年赴重庆工作。1945 年 10 月 8 日不幸遇难。

解读

　　1934 年，作者因被叛徒出卖被捕，身陷囹圄，思国念家。他在狱中坚持斗争，无所畏惧，这两首诗就是他写给母亲和妻子的述志诗。诗歌语言直白，感情炽热深沉，感人至深。

王凌波一首

一 颗 红 豆

红豆，红豆！

你来自蓝田之角，

涟水之旁。

既娇小，又玲珑；

单就表面上观察，

应不许和凡品相同，

许是碧玉沾染了血痕。

红豆，红豆！

我把你反复抚摩，

仔细研求。

你是相思种，热血球；

既为了我，也为了人，

你的实质，我已彻底认清，

与我的理想完全一样！

红豆，红豆！

本当饰你以金箔，

裹你以锦囊；

日供诸座右，

夜藏诸怀中。

可是，仅这些珍惜，

实不能说是钟爱的精神！

红豆，红豆！

我率性把你咀成粉碎，

和诸蜜儿一口吞入腹中。

使你每个原子，

都化作我的血肉与灵魂。

你既变了我，

我也就是你；

为马列主义奋斗，

湛然一体！

作者简介

王凌波 (1889—1942)：1925 年加入中国共产党。抗日战争爆发以后，担任八路军驻湘通讯处主任兼新四军驻湘办事处主任。1940 年调到延安，担任延安行政学院副院长。1942 年病逝。

解读

这首诗作于 1938 年，当时王凌波在长沙任八路军驻湘通讯处主任。面对白色恐怖，他毫不畏惧，曾写信给妻子，鼓励她与其妹要认清形势，不要被敌人所吓倒。信中附上了这首诗。

宋绮云一首

歌 一 首

青山葱葱，

绿水泱泱，

今日之别，

敢云忧伤？

日之升矣！

其将痛饮于东山之上！！

作者简介

宋绮云（1904—1949）：1926 年入黄埔分校学习，在学习期间加入中国共产党。1929 年在杨虎城军部工作。西安事变前后对杨虎城部做了大量的统战工作。1949 年新中国成立前夕被国民党反动派秘密杀害。

解读

这首歌是作者在 1947 年 3 月送梅含章出狱时作的。梅含章是国民党将领，因不满蒋介石的独裁统治，被关在白公馆监狱，与宋绮云同监。梅含章出狱时，宋绮云写了一首长诗送他。这首歌写在《送含章同学赴金陵序》文末。

恽代英一首

狱 中 诗

浪迹江湖忆旧游，故人生死各千秋。

已摈忧患寻常事，留得豪情作楚囚。

作者简介

恽代英（1895—1931）：五四运动时是武汉学生运动的领导者之一。1920年前后在湖北创办利群书社和共存社，传播新思想和马克思主义，团结进步青年。1921年加入中国共产党。曾任团中央宣传部部长兼《中国青年》主编。1926年任黄埔军官学校政治总教官。1930年在上海被捕，1931年4月在南京被国民党反动派杀害。

解读

这首诗是恽代英在牢狱中所写。表达了作者一生为革命奔波，即使抛弃个人的一切也要保持革命者的气节的满腔豪情。

杨匏安一首

狱 中 诗

慷慨登车去，临难节独全。

余生无足恋，大敌正当前。

投止穷张俭，迟行笑褚渊。

者番成永别，相视莫潸然。

作者简介

　　杨匏安（1896—1931）：共产党员。1927年在中国共产党第五次全国代表大会上被选为中央委员。1931年，杨匏安等十余人被国民党反动派逮捕，不久即被杀害。

解读

　　这首诗是杨匏安在就义前夕写给狱中难友的。其中包含两个有名的典故。东汉名士张俭为人正直，遭受同乡诬告迫害逃亡。乡邻们敬重他的为人，纷纷收容他、保护他。作者借用这个典故，表明自己宁愿承受任何危难，也要坚持革命气节。褚渊是南北朝时宋人，为宋明帝所信任。明帝死后，托他扶助幼主，他却将江山拱手让人。世人讥笑他毫无气节。作者借用这个典故，耻笑那些像褚渊一样变节的出卖革命的叛徒，表明自己坚定的立场。

学 习 任 务 群

很多革命诗歌都被谱曲传唱，其中有的作为校歌、有的作为军歌，广为流传。找出这些诗歌，研究它们的语言、节奏方面的共性。

刘伯坚一首

戴镣行

戴镣长街行，蹒跚复蹒跚，

市人争瞩目，我心无愧怍。

戴镣长街行，镣声何铿锵，

市人皆惊讶，我心自安详。

戴镣长街行，志气愈轩昂，

拼作阶下囚，工农齐解放。

作者简介

　　刘伯坚（1901—1935）：1922年加入中国共产党，后被派往苏联学习军事。1931年任红军第五军团政治部主任。1934年中央红军主力长征后，留在根据地坚持斗争，1935年3月率部队突围时不幸负伤被捕，后壮烈牺牲。

解读

　　在一次突围战斗中，刘伯坚不幸左腿负伤，落入敌人手中。他在狱中写下了这首诗，表明了自己的立场和坚定的革命精神。三段诗句层层铺垫，最后一句使全诗的情感达到高潮。沉重的镣铐虽然锁住了他的双脚，刺耳的镣声虽不绝于耳，但他高昂的志气、高尚的人格并没有被打垮，而是更加慷慨豪放。

吕大千一首

狱中遗诗

时代转红轮，朝阳日日新；

今年春草除，犹有来年春。

作者简介

吕大千（1909—1937）：1933 年加入中国共产党。曾任中共宾县特别支部宣传委员、书记等职。1937 年 5 月被捕。同年 7 月被日寇杀害。

解读

1937 年 5 月，因叛徒出卖，吕大千被敌人抓捕。同年 7 月，他从容走上了刑场，留下这首绝命诗。革命者是代代相承的，只要有太阳升起的地方，必然会有革命之火蓬勃旺盛。

陈法轼一首

狱 中 诗

磊落生平事，临刑无点愁。

壮怀犹未折，热血拼将流。

慷慨为新鬼，从容作死囚。

多情惟此月，再照雄心酬。

作者简介

陈法轼（1917—1942）：1938 年加入中国共产党。曾积极参加贵州邮电职工运动，与混入工会的特务进行坚决斗争。1941 年 11 月被捕。1942 年被国民党反动派杀害。

解读

1941 年 11 月，陈法轼被捕，遭受国民党特务的严刑拷打。临刑前，陈法轼正在与难友对弈，得知自己将奔赴刑场，从容写下这首诗。诗人将一腔豪情对月抒发，希冀革命终将迎来胜利的那一天。全诗高亢激昂，充满豪情，表达了一种视死如归的气概。

叶挺一首

囚 歌

为人进出的门紧锁着，

为狗爬出的洞敞开着，

一个声音高叫着：

——爬出来吧，给你自由！

我渴望自由，

但我深深地知道——

人的身躯怎能从狗洞子里爬出！

我希望有一天

地下的烈火，

将我连这活棺材一齐烧掉，

我应该在烈火与热血中得到永生！

作者简介

　　叶挺（1896—1946）：第一次国内革命战争时期，曾任国民革命军独立团团长、二十四师师长、十一军军长。1927年先后参加南昌起义和广州起义。抗战时任新四军军长。1941年皖南事变时被国民党非法逮捕，先后囚于江西上饶、湖北恩施等地，最后移禁于重庆。1946年3月4日获释。出狱后即请求加入中国共产党，3月7日获中共中央批准。4月8日因飞机失事不幸遇难。2009年被评为"100位为新中国成立作出突出贡献的英雄模范人物"。

解读

　　这首诗写在囚禁叶挺的牢房墙壁上。诗人借此发出了自己对于生命、自由与尊严的悲壮思考。"我渴望自由，但我深深地知道——人的身躯怎能从狗洞子里爬出！"革命者所渴求的自由从来就不以屈尊为代价，更不会以奴颜婢膝去换得。

林基路一首

囚 徒 歌

我噙泪低吟民族的史册，

一朝朝，一代代，

但见忧国伤时之士，

赍①志含忿赴刑场。

血口獠牙的豺狼，

总是跋扈嚣张。

哦！民族，苦难的亲娘！

为你那五千年的高龄，

已屈死了无数的英烈。

为你那亿万年的伟业，

①赍（jī）：抱着，怀着。

还要捐弃多少忠良！

铜墙，困死了报国的壮志，

黑暗，吞噬着有为的躯体，

镣链，锁折了自由的双翅，

这森严的铁门，囚禁着多少国士！

豆萁相煎，便宜了民族仇敌。

无穷的罪恶，终要叫种恶果者自食，

难闻的血腥，用噬血者的血去洗。

囚徒，新的囚徒，坚定信念，贞守立场！

砍头枪毙，告老还乡；

严刑拷打，便饭家常。

囚徒，新的囚徒，坚定信念，贞守立场！

掷我们的头颅，奠筑自由的金字塔，

洒我们的鲜血，染成红旗，万载飘扬！

作者简介

林基路（1916—1943）：1935 年加入中国共产党。曾任新疆学院教务长、库车县县长。1942 年被新疆军阀诬陷入狱，1943 年牺牲于狱中。

解读

1942 年 9 月，反动军阀盛世才将大批在新疆工作的中共党员逮捕入狱，严刑逼供。林基路在狱中创作了这首著名的《囚徒歌》，由同牢的陈谷音谱曲后，在监狱中传唱，成为狱中共产党员与敌人斗争最有力的武器。

陈然一首

我 的 "自 白" 书

任脚下响着沉重的铁镣，

任你把皮鞭举得高高，

我不需要什么自白，

哪怕胸口对着带血的刺刀！

人，不能低下高贵的头，

只有怕死鬼才乞求"自由"；

毒刑拷打算得了什么？

死亡也无法叫我开口！

对着死亡我放声大笑，

魔鬼的宫殿在笑声中动摇；

这就是我——一个共产党员的自白，

高唱凯歌埋葬蒋家王朝。

作者简介

陈然（1923—1949）：抗日战争初期加入中国共产党。1947 年曾任中共重庆市委领导的地下刊物《挺进报》的特支书记。1948 年 4 月被捕，1949 年 10 月 28 日被国民党反动派杀害。

解读

陈然被捕以后，在狱中受尽各种酷刑，但始终坚贞不屈。特务逼迫他写"自白书"，他严词拒绝，并作了这首诗。全诗语句铿锵，酣畅淋漓地表达了一个革命者的忠贞和坚定，具有强烈的艺术感染力和教育意义。

何敬平一首

把牢底坐穿

为了免除下一代的苦难，

我们愿——

愿把这牢底坐穿！

我们是天生的叛逆者，

我们要把这颠倒的乾坤扭转！

我们要把这不合理的一切打翻！

今天，我们坐牢了，

坐牢又有什么稀罕？

为了免除下一代的苦难，

我们愿——

愿把这牢底坐穿！

作者简介

何敬平（1918—1949）：抗战爆发后投身抗日救亡运动，1948 年
4 月，因叛徒出卖被捕。1949 年新中国成立前夕牺牲。

解读

这首诗是何敬平在渣滓洞集中营的绝笔。这位被称为"铁窗诗人"
的革命者，面对国民党反动派的威逼利诱，以诗明志，视死如归、宁
死不屈，最终慷慨就义。

何斌一首

狱 中 歌 声

黑夜阻着黎明，只影吊着单形，

镣铐锁着手胫，怒火烧着赤心。

蚊成雷，鼠成群，灯光暗，暑气蒸，

在没太阳的角落里，

谁给我们同情慰问？

谁抚我痛苦的伤痕？！

我热血似潮水的奔腾，心志似铁石的坚贞，

我只要一息尚存，誓为保卫真理而抗争。

呵！姑娘，去秋握别后，再不见你的倩影，

别离为了战斗，再会待胜利来临。

谁知未胜先死，怎不使英雄泪满襟！

你失了勇敢的战友，是否感到战线吃紧？

我失了亲爱的伴侣，也曾感到征途凄清！

不，姑娘，你应该补上我的岗位，坚决地打击敌人！

愿你同千千万万的人们，踏着我们的血迹前进！

呵，姑娘，天昏昏，地冥冥，用什么来纪念我们的爱情？

惟有作不倦的斗争。

用什么表达我的愤怒？

惟有这狱中歌声。

作者简介

何斌（1915—1941）：中学时期就开始组织救国宣传活动。1936
年加入中国共产党，任中共湖北省委农委委员、武昌市委书记等职，
长期在湖北开展革命工作。1941 年在湖北恩施被捕，后被杀害。

解读

何斌在狱中时，敌人先后多次利用其亲属到狱中劝降，均被他坚
定拒绝。在关押期间，他还通过唱歌作诗表达心声，鼓舞战友，打击
敌人。这首诗就是他在狱中写给妻子许云的。1946 年 11 月 13 日延安
《解放日报》刊登这首遗诗时标题是《忆许云》。

谭嗣同一首

狱中题壁

望门投止思张俭，忍死须臾待杜根。

我自横刀向天笑，去留肝胆两昆仑。

作者简介

谭嗣同（1865—1898）：近代著名政治家、思想家，维新派人士。1895 年 4 月，中日签订《马关条约》，时年 30 岁的谭嗣同在家乡满怀忧愤，努力提倡新学，呼号变法，并在家乡组织算学社，同时在南台书院设立史学、掌故等新式课程。1898 年谭嗣同参加戊戌维新，失败后被杀，年仅 33 岁，为"戊戌六君子"之一。

解读

这首诗格调悲壮激越，前两句运用张俭和杜根的典故，揭露了顽固派的狠毒，表达了对维新变法人士的期待和赞扬；后两句抒发了诗人愿为自己的理想而献身的壮烈情怀。

火焰献词

秋瑾一首

对 酒

不惜千金买宝刀，貂裘换酒也堪豪。

一腔热血勤珍重，洒去犹能化碧涛。

作者简介

秋瑾（1875—1907）：自号鉴湖女侠。1904 年不顾家人的反对自费东渡日本留学，在此期间积极参加留日学生的革命活动。她是中国女权和女学思想的倡导者，为辛亥革命作出了巨大贡献，对妇女解放运动的发展起到了巨大的推动作用。1907 年 7 月 15 日从容就义于绍兴轩亭口。

解读

这首诗作于 1905 年诗人从日本回国后。"千金""貂裘"本是珍贵的钱财器物，被诗人毫不吝惜地抛却；为了反帝反封建的革命斗争，诗人甚至不惜流血牺牲。诗中借用周朝忠臣苌弘化碧的典故，表达自己甘为崇高的革命事业抛头颅、洒热血的豪迈情感。

吕惠生一首

留取丹心照汗青

忍看山河碎？ 愿将赤血流！

烟尘开敌后，扰攘展民猷。

八载坚心志，忠贞为国酬。

且欣天破晓，竟死我何求！

作者简介

吕惠生：1942 年加入中国共产党。1945 年 9 月随新四军七师北上，途中遭蒋军袭击被捕。同年 11 月在南京被国民党反动派杀害。

解读

这首诗是一首狱中遗诗。在国民党第一次掀起的反共高潮中，吕惠生因积极参加抗日工作，被列入国民党的黑名单，但他"为国酬"的忠贞非但不变，反而更加坚定。1945 年，日本宣布无条件投降，抗日战争取得了全面胜利，但等待着他的却是国民党反动派的逮捕、杀害。诗人回首"八载坚心志"，唯有大义凛然，视死如归。

黄治峰一首

诗 一 首

男儿立志出乡关，报答国家那肯还，

埋骨岂须桑梓地，人生到处有青山。

作者简介

黄治峰（1891—1934）：1928 年 10 月加入中国共产党，先后担任过右江赤卫军总指挥、红七军二十师副师长和军部参谋处长职务。1934 年调离中央苏区，返回右江坚持斗争，途中被国民党反动派杀害。

解读

这是黄治峰青年时代写的一首诗，表达了他从戎报国、义无反顾的决心。

杨靖宇一首

东 北 抗 日 联 军 第 一 路 军 军 歌

我们是东北抗日联合军，

创造出联合军的第一路军。

乒乓的冲锋杀敌缴械声，

那就是革命胜利的铁证。

正确的革命信条应遵守，

官长士兵待遇都是平等。

铁般的军纪风纪要服从，

锻炼成无敌的革命铁军。

亲爱的同志们团结起，

从敌人精锐的枪刀下，

夺回来失去的我国土，

解放亡国奴的牛马生活！

英勇的同志们前进呀！

赶走日寇推翻"满洲国"。

这一次的民族革命战争，

要完成弱小民族的解放运动。

高悬在我们的天空中，

普照着胜利军旗的红光。

冲锋呀，我们的第一路军！

冲锋呀，我们的第一路军！

作者简介

　　杨靖宇（1905—1940）：1927 年加入中国共产党。1929 年由中共
中央派赴东北工作，曾任中共哈尔滨市委书记、中共满洲省委代理军
委书记。1936 年春任东北人民抗日联军第一军军长兼政委，并任中共
南满省委委员。1936 年 6 月任东北抗日联军第一路军总司令兼政委。
1940 年 2 月在蒙江与日寇作战中壮烈牺牲。

解读

　　这首歌是杨靖宇在抗日联军第一路军成立后创作的。多年前，在东北密林的抗日联军营地里，第一路军的战士们曾多次唱响这首激昂澎湃的歌。这首军歌生动而庄严地宣告了东北抗日联军第一路军的热血呼号，充分表达了抗联战士对革命必胜的信念。歌声响起，军威大振，展现出战士们英勇不屈的革命精神和汹涌豪迈的革命气概。

李兆麟一首

露营之歌

一

铁岭绝岩，林木丛生，

暴雨狂风，荒原水畔战马鸣。

围火齐团结，普照满天红。

同志们，锐志哪怕松江晚浪生！

起来哟，果敢冲锋！

逐日寇，复东北，天破晓，光华万丈涌！

二

浓荫蔽天，野雾弥漫，

湿云低暗，足溃汗滴气喘难。

烟火冲空起，蚊吮血透衫。

兄弟们，镜泊瀑泉唤起午梦酣。

携手吧！共赴国难，

振长缨，缚强奴，山河变，万里息烽烟。

荒田遍野，白露横天，

野火熊熊，敌垒频惊马不前。

草枯金风疾，霜沾火不燃，

战士们，热忱踏破兴安万重山。

奋斗呀！重任在肩，

突封锁，破重围，曙光至，黑暗一扫完。

朔风怒吼，大雪飞扬，

征马踟蹰，冷风侵人夜难眠。

火烤胸前暖，风吹背后寒，

壮士们，精诚奋发横扫嫩江原！

伟志兮！何能消减，

全民族，各阶级，团结起，夺回我河山。

作者简介

　　李兆麟（1910—1946）：曾任东北抗日联军第六军政治部主任、中共北满省委委员、抗联第三路军总指挥。抗日战争胜利后，担任滨江省副省长、中共北满分局委员。1946年3月9日在哈尔滨被国民党特务暗杀。2009年，被评为"100位为新中国成立作出突出贡献的英雄模范人物"。

解读

　　《露营之歌》是东北抗日联军歌曲中最杰出的作品之一，曾激励无数抗联战士冲锋陷阵，还一度被编入东北小学课本。歌词以一年四季的季节变换为主线，写出了抗联战斗生活的艰苦和战士们的昂扬斗志。

关向应一首

征　途

月色在征尘中暗淡，

马蹄下迸裂着火星。

越河溪水，

被踏碎的月影闪着银光，

电火送着马蹄，

消失在熹微的灯光中。

作者简介

关向应（1902—1946）：1924 年加入中国社会主义青年团，1925年加入中国共产党。1928 年在中国共产党第六次全国代表大会上被选为中央委员。曾任中国共产主义青年团中央委员会书记、红军第二方面军政治委员、八路军一二〇师政治委员。1945 年在中国共产党第七次全国代表大会上继续当选为中央委员。1946 年 7 月 21 日病逝于延安。

解读

　　这首诗通篇写夜色下骑马行军时所见的光。虽然篇幅短小，但是内涵丰富，别具一格。革命军队征战途中的大场面何止千万，但作者独辟蹊径，只捕捉描绘了这一个小小的片段。夜色中马蹄踏过，迸裂出一道道火星，消失于灯火中，绵延不绝，就像革命薪火，生生不息。

杨超一首

就 义 诗

满天风雪满天愁，革命何须怕断头？

留得子胥豪气在，三年归报楚王仇！

作者简介

杨超 (1904—1927)：1923 年在南京东南大学附中读书时加入共产主义青年团，1925 年在北京大学加入中国共产党。1926 年由党派回江西担任中共江西省委委员，后赴德安担任县委书记。1927 年 4 月蒋介石背叛革命，杨超同志曾经转往南昌、武昌、河南等地工作；同年 10 月，党任命他为特派员再回江西，不幸在九江被特务逮捕。1927 年 12 月 27 日在南昌市德胜门外下沙窝就义。

解读

这首诗，是杨超烈士就义时高声朗诵的。作者借用了春秋时期伍子胥忍辱负重兴兵灭楚，最后把楚平王掘墓鞭尸为父亲和哥哥报仇雪恨的典故，表达了革命一定会取得最后的胜利的愿望，勉励活着的战友心存豪气，将革命进行到底。全诗言辞恳切坚定，格调高昂，感人至深。

学习任务群

　　全国有很多为纪念烈士专门修建的烈士陵园、纪念堂、纪念碑等，比如南京雨花台烈士陵园、重庆歌乐山烈士陵园、抗美援朝烈士陵园等，你参观过吗？与同学们分享你的体验和感受吧。

夏明翰一首

就 义 诗

砍头不要紧，只要主义真。

杀了夏明翰，还有后来人。

作者简介

夏明翰（1900—1928）：五四运动时，担任衡阳学生联合会的领导人。1920年到长沙，从事学生爱国运动。1925年以后，担任中共湖南省委委员。马日事变后回湖南，担任中共湖南省委委员兼组织部部长，调汉口任中共湖北省委委员。1928年2月遭国民党反动派杀害。

解读

这是一首用血肉凝成的诗。"杀了夏明翰，还有后来人"两句，充分表达了一个共产党员为理想视死如归的气概。诗人坚信，即使短暂也可以永恒。自己的血不会白流，无数仁人志士会延续他的意志，继续战斗，去迎接辉煌的明天。

吉鸿昌一首

就 义 诗

恨不抗日死，留作今日羞。

国破尚如此，我何惜此头。

作者简介

　　吉鸿昌（1895—1934）：1932 年加入中国共产党。1934 年参与组织了中国人民反法西斯大同盟，并担任大同盟内的中共党团领导成员。1934 年 11 月在天津被捕，后被杀害。2009 年被评为"100 位为新中国成立作出突出贡献的英雄模范人物"。

解读

　　1934 年 11 月 9 日，吉鸿昌不幸被国民党反动派逮捕。殉难前，他写下了这首绝笔诗，其中饱含着一位革命者不怕牺牲的大无畏精神和爱国情怀。

高文华一首

火

森林里起了星星之火!

山野里起了星星之火!

平原里起了星星之火!

水边上起了星星之火!

火的光渐渐明亮!

星星的火光成为块块的火光!

水边之火接着了平原之火,

平原之火接着了森林之火,

森林之火接着了山野之火,

山野之火接着了水边之火!

全世界的火光衔接了!

全世界都着了火了!

作者简介

　　高文华（1907—1931）：1925 年加入中国共产党。1926 年 7 月，参加北伐，历任国民革命军连党代表、连指导员、营指导员、党团代表。1928 年 3 月被捕。1931 年 7 月牺牲。

解读

　　高文华在狱中遭到了残酷的折磨，依然没有放弃革命。他以笔为剑，与反动派进行斗争，这首诗即在狱中所作。诗中句句"起火"，代表革命的火种生生不息，代代传承。作者深信，这星星之火必将燃遍全世界。

郁达夫一首

无 题

草木风声势未安，孤舟惶恐再经滩。

地名末旦埋踪易，榾指中流转道难。

天意似将颁大任，微躯何厌忍饥寒？

长歌正气重来读，我比前贤路已宽。

作者简介

郁达夫（1896—1945）：创造社发起人之一，爱国主义作家。在文学创作的同时，积极参加各种反帝抗日组织，先后在上海、武汉、福州等地进行抗日救国宣传活动。著有《沉沦》《春风沉醉的晚上》《出奔》《达夫散文集》等。与鲁迅先生合编过《奔流》。1945年被日军杀害。

解读

1941年12月，太平洋战争爆发，日本军队攻陷马来西亚。1942

年年初，又从马来西亚进攻新加坡。当时郁达夫正在新加坡《星洲日报》工作，遂被迫撤离到苏门答腊。诗人几经周折流离，内心苦闷痛苦，这首诗就是当时所作。诗句语言深切，感情悲慨动人，表现了爱国者的挣扎与磊落。

余祖胜一首

火焰献词

火焰！火焰！

燃烧着热情的火焰！

你辉煌万丈的光芒，

照遍了大地阴暗的角落。

你强烈的火焰燃烧着魔鬼，

温暖着我们每个战斗的心。

为着真理……

我们要唤醒沉醉的人们。

你美丽鲜明的火焰，

使多少人倾羡着你！

只有顽固的自私者，

想用残酷不仁道来毁灭你！

多少青年狂恋着你，

呵！你的爱赐给大众，

是那么的普通，

像天宇的太阳一样。

在黑暗里你指示正确的路，

他们举起了坚实的手臂，

向你致敬；

呵！投进你的怀抱！

作者简介

余祖胜（1927—1949）：1939 年入重庆兵工厂做童工。1946 年前后以笔名发表多篇揭露国民党统治区黑暗的诗歌。1947 年与几位进步青年组成读书会，同年 5 月加入中国共产党。1948 年 4 月被捕，在狱中曾用牙刷刻成一百多个五角星分送战友。1949 年新中国成立前牺牲。

解读

　　这是一首映照信仰之光的诗篇。作者目睹国破家亡的残酷现实，在艰苦的环境下仍孜孜不倦地学习，在地下党和进步工人的帮助下，坚定信仰，与进步青年组读书会、出墙报，宣传进步思想。在这首发刊词中，作者以"火焰"借指马克思主义信仰，表达了一名青年革命者的高度思想自觉和蓬勃的信念感。

"成长读书课"分级阅读书目

一年级上
林焕彰　　　　　　　　　　　《不睡觉的小雨点》
〔苏〕阿·托尔斯泰　　　　　《拔萝卜》

一年级下
冰心、金波等　　　　　　　　《和大人一起读诗》
林颂英　　　　　　　　　　　《小壁虎借尾巴》

二年级上
严文井　　　　　　　　　　　《"歪脑袋"木头桩》
陈伯吹　　　　　　　　　　　《一只想飞的猫》
孙幼军　　　　　　　　　　　《小狗的小房子》
金近　　　　　　　　　　　　《小鲤鱼跳龙门》
〔德〕埃·奥·卜劳恩　　　　《父与子》
张秋生　　　　　　　　　　　《妈妈睡了》
知音动漫　　　　　　　　　　《曹冲称象》
陈模　　　　　　　　　　　　《少年英雄王二小》

二年级下
张天翼　　　　　　　　　　　《大林和小林》
洪汛涛　　　　　　　　　　　《神笔马良》
〔苏〕瓦·卡达耶夫等　　　　《七色花》
〔印〕泰戈尔　　　　　　　　《愿望的实现》
冰波　　　　　　　　　　　　《大象的耳朵》
冰波　　　　　　　　　　　　《蓝鲸的眼睛》
金波　　　　　　　　　　　　《古古丢先生的遭遇》

三年级上
吴然　　　　　　　　　　　　《抢春水　珍珠泉》
〔德〕格林兄弟　　　　　　　《格林童话》
〔丹麦〕安徒生　　　　　　　《安徒生童话》
汤素兰　　　　　　　　　　　《开满蒲公英的地方》
张秋生　　　　　　　　　　　《小巴掌童话》
王一梅　　　　　　　　　　　《书本里的蚂蚁》
叶圣陶　　　　　　　　　　　《稻草人》
冰心　　　　　　　　　　　　《寄小读者》
〔日〕新美南吉　　　　　　　《去年的树》
〔俄〕米·普里什文　　　　　《金色的草地》

| 郭风 | 《搭船的鸟》 |
| 辛勤 | 《一块奶酪》 |

三年级下

〔法〕拉封丹	《拉封丹寓言》
周锐	《慢性子裁缝和急性子顾客》
知音动漫	《中国古代寓言》
施雁冰	《方帽子店》

四年级上

郑振铎	《希腊神话与英雄传说》
葛翠琳	《野葡萄·山林童话》
〔俄〕屠格涅夫	《麻雀》
叶至善	《一只窝囊的大老虎·失踪的哥哥》
杨云	《中国神话传说》
方韬	《山海经》

四年级下

张天翼	《宝葫芦的秘密》
贾兰坡	《爷爷的爷爷哪里来》
高士其	《高士其科普童话故事》
〔苏〕伊林	《十万个为什么》
李四光	《穿过地平线》
巴金	《海上日出·鸟的天堂》
茅盾	《天窗》

五年级上

〔法〕季诺夫人	《列那狐的故事》
郭沫若	《白鹭·天上的街市》
黄蓓佳	《亲亲我的妈妈》
黄蓓佳	《你是我的宝贝》
许地山	《落花生·空山灵雨》
梁启超	《少年中国说》
黄晖	《非洲民间故事》
叶圣陶	《牛郎织女》
李唯中	《一千零一夜》
杨云	《中国民间故事》

	黄晖	《欧洲民间故事》
	闻一多	《七子之歌》
五年级下	赵丽宏	《童年的河》
	萧红	《呼兰河传》
六年级上	王愿坚	《灯光·小游击队员》
	李心田	《闪闪的红星》
	管桦	《小英雄雨来》
	老舍	《草原·北京的春节》
	鲁迅	《呐喊》
	鲁迅	《野草》
	范锡林	《竹节人》
	〔意〕亚米契斯	《小抄写员·爱的教育》
	〔苏〕高尔基	《童年》
六年级下	黄蓓佳	《今天我是升旗手》
	黄蓓佳	《我要做好孩子》
	朱自清	《匆匆》
	〔英〕丹尼尔·笛福	《鲁滨逊漂流记》
	〔瑞典〕塞尔玛·拉格洛夫	《尼尔斯骑鹅旅行记》
	〔英〕刘易斯·卡罗尔	《爱丽丝漫游奇境》
七年级上	鲁迅	《朝花夕拾》
	林海音	《城南旧事》
	冰心	《繁星·春水》
	〔美〕海伦·凯勒	《假如给我三天光明》
	沈从文	《湘行散记 新湘行记》
	孙犁	《白洋淀纪事》
	〔俄〕屠格涅夫	《猎人笔记》
七年级下	〔奥地利〕茨威格	《人类群星闪耀时》
	茅盾	《林家铺子·白杨礼赞》

老舍	《骆驼祥子·猫》
宗璞	《紫藤萝瀑布》
〔法〕儒勒·凡尔纳	《海底两万里》
〔清〕李汝珍	《镜花缘》

八年级上

朱自清	《荷塘月色·背影》
〔法〕玛丽·居里	《居里夫人自传》
〔法〕亨利·法布尔	《昆虫记》
〔美〕蕾切尔·卡森	《寂静的春天》
李鸣生	《飞向太空港》

八年级下

〔法〕罗曼·罗兰	《名人传》
朱光潜	《给青年的十二封信》
鲁迅	《故乡：鲁迅小说杂文精选》
〔苏〕奥斯特洛夫斯基	《钢铁是怎样炼成的》
〔美〕奥尔多·利奥波德	《沙乡年鉴》
傅雷	《傅雷家书》
朱自清	《经典常谈》

九年级上

艾青	《艾青诗精选：黎明的通知》
徐志摩、海子等	《希望·一代人：现当代新诗选》
李大钊 等	《革命烈士诗抄》
〔印〕泰戈尔	《泰戈尔诗选》
〔清〕蘅塘退士	《唐诗三百首》
南朝宋 刘义庆	《世说新语》
〔清〕蒲松龄	《聊斋志异》

九年级下

丁立梅	《小扇轻摇的时光 丁立梅纯美青春散文》
〔英〕乔纳森·斯威夫特	《格列佛游记》
〔俄〕契诃夫	《契诃夫短篇小说选》